いしときいてなんとおもう

百人一首九十九番歌「人もをし」考

橋本久恵
Hisae Hashimoto

文芸社

目　次

いしときいてなんとおもう

百人一首九十九番歌「人もをし」考

1　はじまり

それは、一瞬にして降りてきた……。
すべて、残すところあと何個かの
残っているパズルのピースが……、
最後の突破口のひとかけらである一ピースが、やっとやっと見つかったかのごとく
……。

『小倉百人一首』
先生方の職員室の再現のようなざわめき、
そして、あの言葉だ……。
私は、やっと答えを見つけたのだった。
父が言っていたのだ。

「昔の、平安時代の人々って、どうしてあんなに歌ばかり詠んでいて、いったいあれでまともな政治ができたのだろうか。どうかなあと思うよ」

「それは……優雅に歌を詠める、それこそ平安時代は争いのない、穏やかな、落ち着いた時代だったんだよ」

高校二年生の時、古典の授業を担当してくれた先生が素晴らしい先生で、実に面白く、おかしく、そして何よりも興味深い世界を教えてくれた。その先生の授業のおかげで、古典の楽しさに目覚め、「古典の授業が楽しくて仕方ないんだよ」と言っていた私に、父はそう質問したのだった。

投げかけられた質問に、私はそう答えるしかなかった。

何年も、いや、何十年も、その答えは見つからないままだった。父が亡くなってからもどういうわけか、その場面は繰り返し私の脳裏をかすめ、そして答えが出ないまま、通り過ぎていくのだった。

平安時代、なんの争いもない、穏やかな時代？

いやいや、政治闘争は数限りなくあったはずだ。それこそ、今日の権力者も、明日はどうなるかも分からぬ世の中であった。小・中学校でも日本の歴史は学んだし、高三では日本史を選択したので少しは分かる。

でも、学生の頃の勉強は……。

「あ〜、もうこんなに暗記したり、考えたり……。これ以上のことなんてできるわけがない」

と思っていたりしたけど（それも、中間・期末といったテストの前のみの出来事で）、なんと生ぬるい勉強の仕方だったことか……。

日本史にしても、古典にしても、高校生の娘に質問されると、

「え、そんな事件って、あったかしら？ えーっ。ちょっと、日本史の教科書見せてくれる？ 今ってどんなふうに書かれているの？」とか、古典の文法を聞かれても、

「うーん、それは暗記するしかないよね……。まず教科書をよく見て。それで分からないところがあったら、ほら、参考書をよく読んでみるとか。あ、ちょっとそれ、見せて」

と、なんとも頼りない先輩である。

聞かれても即答できることが少ないのである。いやはや、学問とは奥の深いものなのだ。

まあ、それはさておき、あれだけ娘に、

「そうね、お母さんは、古典の授業が大好きだったなあ。得意な科目だったわね」

と豪語していたにもかかわらず、そして高二の頃、その大好きだった古典の先生がある時、『百人一首』を取り上げられて、

「『百人一首』のうち、自分の好きな歌をひとつ決めて、自分がその歌を詠んだ作者になったつもりで、その歌の意味や、作者の心情を思ったように書いてみましょう」

という授業があった。

「うん、こういうのは得意かも」

と思って夢中になり、作者以上に作者になりきって書いた歌があったのに……。

そう、そして、そのように『百人一首』には触れていたはずだったのに、自分の勉強不足が、ここでも顔を出す。

『百人一首』に関する「ある説」があったのだった。

『百人一首』は、藤原定家（さだいえ／ていか　とも）が後鳥羽院に捧げた、最高の贈り物だったとは……。私には知る由もなかったのである。

2　偲ぶ会のこと

父の三回忌を十月に終え、その年は暮れた。翌、平成二十五年が明けて少しした頃、

「三回忌も何とか終わって、次は七回忌ね。でもまだ少し時間があるね」

と母は私に話してきた。その折に、

「そういえば……」

と母。

「ん？　……何？」

と聞き返すと、

「ああ、松川先生がね、『青木先生を偲ぶ会を開きたいのだけど』と言ってくれて。何か、『会』を開いてくださるみたいなんだけど」

「『偲ぶ会』？　それってどんなことするの？　『お別れの会』とするには、時間が経っているからってこと？」

「うん。なんでも中西先生の奥様が、『うちの主人が亡くなった時に、青木先生が、（うち

の主人）を偲ぶ会を開いてくださったんです。ですから青木先生の時にもぜひ、「青木先生を偲ぶ会」をなさってあげてください』と松川先生に話してたみたいで。松川先生が、先日そのことでお電話をくださって」

「そう、『偲ぶ会』か……。そうか……」

『偲ぶ会』のことを聞きながらも、またいつものように仕事や家事に、そしてその他の雑事になんとなく追われる日々だった。気がつくと、母と話していたあの日から半年ほどが経過していた。時折母から電話があって、『偲ぶ会』について聞くことがあった。

「そうそう、松川先生から電話があってね。いらっしゃれる方に、いつ頃の開催がいいかとか、都合を聞いてくださってるみたいだったよ」

そしていつの間にかその年も暮れて、再度新しい年を迎えていた。この新しい年も通常通りに動き出そうとしている、そんな頃母から連絡があった。

「ああ、この間、松川先生からお電話をいただいてね。『偲ぶ会』、今年には開きたいと言ってた。でもどんな会になるのか、どなたにお集まりいただくのか、まだよく分からないのだけど」

そして『偲ぶ会』のことは、二月の半ば頃に、松川先生から正式な連絡があり、日時などの詳細については、もう少し後で聞いたように思う。

『偲ぶ会』の日時は、平成二十六年七月六日（日）正午から、市内の某老舗ホテルにてということであった。

お集まりくださるのは、なんと二十二人（結構な人数お集まりいただく！）。父と同時期、あるいはその前後で勤務されていた先生方、あるいは生前親交のあった先生方、そして教え子の皆さんが数名であった。

おいでくださる皆様の名簿をちょうだいした。松川先生は、お忙しい合間を縫って、お声がけをしてくださり、出欠の確認も取ってくださったのだった。ご自身のご都合もさることながら、皆様の都合も調整していただくのは容易なことではない。お声がけするにも、その方自身の体調や、ご家族の様子など、いろいろな要因も加わって、まとめてくださるのも大変だったろうなと、本当にありがたく、頭の下がる思いだった。

ほどなく葉書での案内状も自宅に届いた。案内状には、生前の父の紹介、ご縁のある皆様へのお誘い、会の日時と場所、そして松川先生の他に、お二人の先生が会の呼びかけ人となってくださったことも記してあった。

でも、どんなふうに「会」が進むのかは、まだよく分からないのであった。

「こういう場合って、お包みは、どのようにするものなのかしら。それとも何か違うもので、皆様にお返しをしたほうがいいのかどうかね」

母から相談の電話だった。

「そうね……。初めてのケースだわね。ちょっと悩むね」

母との話の中で、『偲ぶ会』のために、いくつか決めておきたいこともあるな、と思い始めていた。


『偲ぶ会』の概要が見えてきたところで、私たち親子も動き出すことになった。『偲ぶ会』は会費制ということであったが、松川先生は、

「参加の先生方、教え子の皆さんには、それぞれお持ちいただくことになりますが、奥様と久恵さんはご親族ですから」

呼びかけ人となってくださったお二人の先生ともご相談のうえか、私たち二人を招待したい、というご意向のようだった。

とはいえ、私たちもホテルのおいしいランチをいただくのであるから、松川先生や皆様のお心遣いに感謝しながらも、会費と同じ分を二人で一緒にまとめて、お包みすることにした。

そして今度は、会に足を運んでくださる皆様に、今日の記念となるものを何かひとつ、そしてお土産として持ち帰れるように、おいしいお菓子もお付けしようということになった。

「記念品とお土産のお菓子、何がいいかな、と考えているのだけど、うーん、どんなものがいいのかねぇ。何がいいと思う？」

再び母からの電話であった。我が家から実家までは、少し距離がある。電話で話していても埒があかぬので、

「そうね。そろそろ決めておかないとね。来週には少し時間が取れそうだから、そちらに行こうか？　その時にでも相談しよう」

ということになった。

新緑の季節も終わり、関東でも梅雨入りが発表された頃であった。母の家に着くと、庭

にある山桃《やまもも》の木が迎え入れてくれた。

(今年もたくさん実がなるのかなあ)

山桃の木には、小さな赤い実がたくさんなる。これでもかというほどに、たくさんの実がなる。父の故郷である山口県の周防大島《すおうおおしま》には、山桃の木があったという。

「俺たちが子供の頃なんて、おやつなんてないさ。その日に食べるものだって困ったんだから。だから、山桃のなる時期はよかったね。落ちてる実は、それを食べてなんとかしのいでいたよ」

戦後七十二年、戦後のあとに「太平洋戦争《たいへいようせんそう》」と明記しなければならないだろうか。父がその太平洋戦争の終戦を迎えたのは、小学校三年生の時だったと聞いている。

山桃の木は、暖かいところでないと育たないらしい。

周防大島は、瀬戸内海にある島で温暖な気候であるそうだ。

父はそこからは遥かに遠い、関東のこの地での暮らしのほうが長くなった。実家の庭にあるこの山桃の木は、じつは私が生まれた時からずっとここにあったというわけではない。私が結婚した頃であったか、その少し前だったか、父が苗木を買い求めて植えたものであった。その苗木は周防大島から取り寄せたのかなと思って、ある時、父に聞いてみたことがあった。

「いや、この山桃は、伊豆で買ってきた。最初は小さな苗木だったんだ。こんなに大きくなるとは思ってなかったんだよなあ」

父の植えた苗木はすくすくと育ち、たくさんの実を着ける大きな木となった。そう、それはそれは、たくさんの実を着ける。

飽食の時代の今、この実で喉の渇きや飢えをしのごうという人は存在しない。高級料亭のお皿の上に載っていたり、山桃のジャムやジュースにという用途で需要のある今のほうが、それは幸せなことなんだ、きっと。

実のなる時期に実家を訪れることがなかったので、私は山桃の実がどんなものかもよく知らなかったし、父には悪いがあまり関心もなかった。ただその様子は、父母の会話から聞いて知っていた。実物の実をしっかりと見たり、拾ったりしたのは父が亡くなってからだったかもしれない。

「山桃の落ちる時期はね、庭中が赤い実でいっぱいになる。拾うのも大変なんだよね。ご近所さんにも手伝ってもらったり、興味のある方には、拾って持っていってもらったりする。とにかくもう、拾っても拾っても、まだまだ落ちてくるんだから」

嘆きのようでもあり、そのじついとおしんでいるようでもある、母の言葉である。山桃の木さん、もういないのだよ。実のなる木を、少年のように喜んでいたその人は。桃といっても、あの桃（ピーチ）とは全くの別物だ。その実は、小さくて真っ赤でちょっぴり酸っぱい。山桃の木から目をそらし、正面を向くと、入り口はすぐそこだ。

自宅を出てからここ実家へ来るまでは、雨の落ちてきそうな曇り空であったが、少しだけ陽が差してきていた。

「ただいま、着いたよ」と言って中に上がると、

「ああ、お疲れ様。早かったわね」

キッチンのほうから母の声がした。

「雨、降ってた？」

そう言いながら、母は居間のほうにやってきた。

「ううん、降ってなかったよ。ずっと曇ってたけど、なんか少し晴れてきたね」

「あ、そう。来てくれるというのに、あんまり雨が降っても大変かなと心配してたんだけど」

「うん、まあ大丈夫だったよ。それにしても山桃の実、今年もたくさんなるかな」

「ああ、山桃ね。うん、毎年、たくさん実をつけるからね。今年もたくさんなるんじゃないかな。お茶いれようか？」

と、母が言った。私のリクエストで、コーヒーにしてもらった。

「そうそう、『偲ぶ会』の記念品のことだけど、どうしようか？」

と、淹れたてのコーヒーを私の前に置きながら、母は私に聞いてきた。

「そうねぇ、記念品といっても何がいいのかなあ。まあ、お母さんの好きなものを選んでくれていいよ。お菓子も、洋菓子がいいのか、和菓子がいいのか……」

そのように返してみたが、母が私に意見を求めてくるという時は、もうすでに母の頭の中での答えはおおよそ決まっているということが多い。決断するのも早い人なのだ。

「お箸なんかどうかな、と思うんだけど」

私の考えている記念品の中に「お箸」はなかったので、母の言葉に少し戸惑った。

「え、お箸？」

「うん。ちょっと見本を見せるね。え〜っと」

と言いながら、母はキッチンのほうへ向かった。そして話を続けた。

「この間、コレドへ行ってきたんだ。綺麗なお箸を売っているお店があってね。お箸だったらみんな使うかなと思って。これ、そこで買ってきたんだけど、素敵でしょ？　どうかな」

「なんでお箸？」とも思ったが、そのお箸は、てっぺんの部分が、ほんの少し斜めにカットされていて、その小さなスペースにお花の絵が描かれていた。確かにかわいらしくて綺麗である。会に来てくださるのは圧倒的に男性の方々が多いようであるが、男性が使うようなお箸も、もちろん置いてあるのだろうし、何より母がそこのお店と、そのお店に並ぶ商品をとても気に入っていたので、私のほうは別段構わなかった。

「確かに、お箸なら軽いから、持って帰るのも楽だしね。なかなか素敵なお箸だし。じゃ、記念品はお箸ということにしますか、ね」

と、いうことで記念品はお箸に決定し、後日コレド室町へ一緒に買いに行くということも決まった。

さて、お菓子のほうは……というと、

「お菓子はどうする？　定番のものがいい？　それとも季節限定のものとか、何がいい？」

と、一応は聞いてみると、

「あ、うん。この間ね、もらったお煎餅があるんだ。どこかこの辺に、え～っと、ああ、これかな」

従兄《いとこ》のお嫁さんが、先日母へと買ってきてくれたものだったらしい。

「なかなか軽くてね、歯ざわりのいい、おいしいお煎餅なの。これがいいかなあと思って。『百人一首』の歌も載ってて、楽しそうだし」

「小倉山春秋」と題されたその箱を開けると、中には小ぶりの袋がいくつか入っていて、そのひとつを開けてみると、中にはかわいらしいお煎餅がいくつか入っていた。そのお煎餅をひとつ食べてみる。うん、確かに軽くて、歯ざわりも良い。誰もが食べやすいかも。そのお煎餅の受け皿になっている透明のトレイには、『百人一首』の一首が、それぞれ書かれてあるという、なかなか凝っていて楽しいものだった。

「ふーん、『百人一首』か……。懐かしいなあ」

どうやら、こちらもこれで決まりらしい。

「『百人一首』の歌が載っているのね。なかなか面白いね」

「岩本先生も来てくれるみたいだし」

「えっ、岩本先生？　わあ、懐かしい。本当？」

何をかくそう、岩本先生こそ、私の大好きなあの「古典の先生」である。高二で古典を教わって以来、何十年ぶりかでお会いすることになる。

そして、縁とは不思議なもので、岩本先生が大学を卒業して教員になったばかりの頃、受け持った生徒の中に、私の母がいたというのだ。つまり、親子二代に渡ってお世話になっていたのだった。

「そうなんだ……。松川先生がお声がけしてくれたのね」

「そう。『偲ぶ会』に来てくれるって。お母さんはいつだったか、文化ホールで、何かの展示会を見にいった時にちょうど岩本先生もいらしてて、お会いしたけどね」

「あら、そう。松川先生からいただいた名簿には、岩本先生のお名前もあったから、もしかしてお会いできるのかな、と思ってたのだけど。もう、ン十年ぶりだね。お会いするのは」

そして一ヵ月余り経ち、七月になった。『偲ぶ会』の前日は実家に泊まることにした。

「六月の終わりか、七月に入ったっていうその頃はね、山桃の実の落ちる音で、目が覚める」

と、母が話していたのを聞いたことがあったが、それを体験できる絶好の機会かと思っていたのに、いざ、やってみよう（聞いてみよう）、と意気込んで行くと、まあ、その通りにならぬのが世の常なのか……。さて実家に着いてみると、山桃の実は、すでにすっかり落ちてしまっていて、山桃の落ちるという音はおろか、落ちた実で真っ赤になるというその庭も、この目で見るには至らなかったのである。

「今年は、暖かかったのか、なんなのか、実もどんどんと成長しちゃって、あなたが来るっていう前に、なんだかぜ〜んぶ落ちちゃってね。ずっと庭に残ってるのも汚らしいからと拾いに拾って、もう拾い終わっちゃったんだよね」

母の言葉に、

「ああ、そうだったんだ。まあ、拾いに来るのが今回の目的じゃないから、いいよ。山桃の実が、どんどん落ちる音で目が覚めるっていう朝を体験できる、いい機会だと思ってたんだけどね。ちょっと残念」

そう言いながら家に上がると、部屋の奥には、大きめの段ボール箱が置いてあるのに気がついた。明日、皆様にお持ち帰りいただくお煎餅が届いていたのだった。

「結構な大きさだね、お煎餅。この段ボールのままで運ぼうか？　それで、会場に着いたら、一箱ずつを紙袋に入れるようにする？　まあ、とりあえず、車の後部座席には乗るでしょ」

「そうね、そうしようか。ああ、お煎餅も多めに注文してあるから、開けて食べてもいいわよ」

「あ、そう。じゃあ。食べようかな。この間は、ちょっと見てさっと食べちゃったから。今度はゆっくり味わって食べようっと」

　今回は弔事用で頼んだので、薄い紫色と淡いグリーンの包装紙に包まれていた。その包みをはずし、箱を開けてひとつ取り出す。袋を開けて、ぽりぽりぽり。次に食べるのは、ザラメのお煎餅がいいなとつまみ取って、例のお煎餅受けのトレイを見てみる。

「『人もをし　人も恨めし』か。ああ、※1後鳥羽院《ごとばいん》の歌ね。そうそう、古文の授業では『百人一首』で、日本史の授業では『承久《じょうきゅう》の乱《らん》』だったかな？　後鳥羽院は、鎌倉幕府を倒そうと『承久の乱』を起こしたってテストに出るので覚えたなあ。うん、あの頃は、必死だった。ホント、懐かしいなあ。でも、『百人一首』では、なんでこの歌が撰ばれたんだろう。なんとなく恨みがましいような、寂しいような感じを受けなくもないよね。やっぱり、『承久の乱』のことが大きく関係しているのかな。まあ、そうとばかりも言えないだろうけど」

そうだった。初めてこの歌に触れた高二の頃も、同じようなことを感じていたなと、ふと思い出した。何十年か経って、再度この歌に触れている。同じ歌なのに、受け取り方は少し違っていた。

「上皇さまって、帝の位を退いた方のことを言うんだよね。だからかなあ、四句目の『世を思ふゆゑに』なんて、なんとなく『帝王感』も漂っているように感じるのだけど」

後鳥羽院は、歴代の天皇の中でも、多くの歌を残している天皇として知られている。そう、後鳥羽院の歌なら、もっといい歌がたくさんあったのではないかな。確か古文の教科書にも載ってた歌があった。あの有名な歌、水無瀬川《みなせがわ》の夕景を詠んだ歌。後鳥羽院の下命で作られた『勅撰和歌集《ちょくせんわかしゅう》』、そうそう、『新古今和歌集《しんこきんわかしゅう》』だったかな。その中にその有名な歌があったはずだ。

見渡せば　山もと霞む　水無瀬川
　夕べは秋と　なに思ひけむ

見渡すと、山のふもとは霞み、水無瀬川の趣《おもむき》も深い。今まで夕暮れの趣は秋が良いものだと、どうして思っていたのだろうか。春の夕暮れの趣もそれに劣らないことよ、という意味だ。

この歌なんか、どうなのだろう。かの『枕草子』で、作者の清少納言が、『秋は夕暮れ』といって、秋はなんといっても夕暮れ時が趣深いとし、夕暮れといえば『秋』であると、それ以降人々は、その固定観念にとらわれていたようである。後鳥羽院がそれを疑問視されたのか、はたまた、その固定観念を取り去ろうと挑戦されたのが、この歌でもあるようだと、どの参考書を読んだのだったか、あるいは誰かの著書だったか、ちょっと記憶が曖昧だが、どこかで読んだ気がする。

そんなことも手伝って、後鳥羽院が詠んだ歌として、この水無瀬川の歌は、余りに有名な歌だと思うのだが、この歌は、『百人一首』の撰から外されたのだろうか。『百人一首』の撰者は、その人が詠んだ歌としてよく知られているような歌は、選ぶのをやめようと思っていたのだろうか。

『百人一首』の撰者って、誰だった？　藤原定家だった？　う〜ん、いいか。もう試験はないものね。

まあ、それはそれでいいとして、ふ〜ん、ここのお煎餅屋さんて、ああ、やっぱり「京都」にあるんだ。

お煎餅の箱の中に入っていた会社案内、商品案内のパンフレットがあったので、手に取り読んでみた。そのパンフレットには、当然のことながら会社の所在地や商品の案内、そしてそれらの商品が、どのような思いで作られているかなどが書かれてあり、なるほどなあ、と思った。そして『百人一首』についても書いてあり、何気なく一読してみたのだが、読み終える頃には、あまりの衝撃で倒れそうになった。

その文章は、ある大学の先生の著書の抜粋であるそうだが、その先生によると、この『百人一首』の一首一首の歌を、特殊な並べ方で並べていくと、実在するある場所を極めてリアルに描いているというのだ。その実在するある場所とは、後鳥羽院のお住まい、壮麗華美を施して造られた夢の宮殿「水無瀬離宮《みなせりきゅう》」だというのだ。

この美しい離宮に定家たちも集められ、歌会を催していたという。

八百年もの時を経て語り伝えられ、継承され続けてきた『百人一首』。八百年ほども後に生まれてきた私たちに、何を語りかけるのか?

一首一首、それぞれの歌を味わいながら読む人、いやいや百首でひとつの意味を成すと思う人、秀逸な歌揃いだと感じる人、逆にあまりにも平凡な歌しかないと首をかしげる人。その感じ方も、時代や個人によっても、とらえ方はさまざまだ。
でもこの百首が映像を持つなんて、この百首がある場所を表しているなんて、全く想像もつかなかったのである。だが、しかし、

花・ふる・春・桜・八重・草・まつ
嵐・山・吹く・風・川・滝・鳥・夜
紅葉・奥・なく・きく・みね・初・瀬・音
天の・月・明・みかき・ね
霜・白・袖・濡れ・わた・舟

『百人一首』の歌にちりばめられている言葉の一部だ。そう、これだけ言葉のシャワーを浴び続けたら、もしかしたら、そこに行ったことのある人には分かってしまうのかもしれない。

「うん、分かったよ。それだけヒントがあれば分かるじゃない。あそこでしょ？　この言葉のすべてがあるところといったら、あの場所しかないよ。水無瀬の離宮のことでしょう？」といった具合だ。

さしずめ、現代の私たちが、

「ミッキー、ミニー、アトラクション、ポップコーン、チュロス、パレード、花火、どーこだ？」

と、聞かれたら、

「ディズニーランドでしょ？」

と、分かるように。


言葉は映像を持つのか？　言葉は映像を伝えるのか？　映像を伝えるのが言葉か？

『百人一首』が映像を持ち、しかも、それは水無瀬の離宮だと辿り着いた林先生の説は、本当に「すごい！」としか言いようがない。

『百人一首』に、そのような見方があったなんて、本当に知らなかった。

そして『百人一首』は、藤原定家が、自分の資質を認めてくれた後鳥羽院へ捧げた密やかな贈り物であった、と先生はいう。

後鳥羽院[※2]と定家は、『新古今和歌集』（一二〇五年）の編纂をめぐって仲違いしてしまった、といわれている。そのことを踏まえて、定家としては、遠慮がちに贈ったということなのだろうか？　仲違いをしてしまったのなら、当然その後は、後鳥羽院の御覚《おんおぼ》えもめでたくなかったのではなかろうか。

「和歌の資質を認められ、御子左家*3《みこひだりけ》の低い地位から側近に加えてもらったので定家にとって後鳥羽院は大恩人である」

という。見ていたお煎餅やさんのパンフレットには、そのように書いてあったけど、後鳥羽院からすれば、和歌の才能に溢れる定家は、とても気に入る存在であったのではないだろうか。

その二人が仲違いしちゃったって？　それが本当だとすると、二人の間に何が起こったのだろう。

※1　後鳥羽院――第八十二代後鳥羽天皇。「院」は、上皇・法王の敬称。在位時の出来事と思われる場合は、後鳥羽天皇、後鳥羽上皇と表記されるのが通常であるが、読書時の混乱を避けるためここではすべて『後鳥羽院』と表記した。

※2　建仁三年（一二〇三）、定家は和歌所の仲間たちと、御所で花見をしていた。南殿の左近の桜を見て歌を詠んだ。仲間からの評価も高かった。それを聞いた後鳥羽院が、その歌を、新古今和歌集に入集させたらどうかと言ったが、定家本人は気に入ったものではな

かったらしく、入集されるのも不満であったらしい。という事実が「後鳥羽院御口伝《ごとばいんごくでん》」にある。

※3　御子左家——平安・鎌倉時代の歌道家の家。藤原道長の六男である長家（一〇〇五－六四）が、醍醐天皇（八八五－九三〇　第六十代天皇）の皇子である左大臣源兼明の旧邸（御子左邸　みこさてい）を受け継いで祖となった。平安末期に俊成が出て、定家、為家と続き、為家の子である為氏・為教（ためのり）・為相（ためすけ）はそれぞれ、二条・京極・冷泉家に別れた。

3　テッチャンを偲ぶ会

翌日、七月六日（日）は、『偲ぶ会』の当日であった。皆様にお渡しする記念品のお箸と、お土産のお煎餅を車の後部座席に置いて、市内の某老舗ホテルまで向かった。ホテルまでは、それほど遠くない。ホテルの駐車場に着いて車から降り、荷物を係の方に預けて

母と二人、フロントまで歩いていると、

「久恵さん、久しぶり」

と声をかけてくださる方がいた。

「あ、吉池先生。本当にお久しぶりです。本日はお忙しい中、ありがとうございます」

「僕のこと、分かる？」

「もちろん。吉池先生でしょう？　先生、全くお変わりないですね」

「ああ、分かってもらえてよかった。伺っても、分からないんじゃないかと思って」

「いえいえ、お変わりないから、すぐに分かりましたよ」

「哲哉先生、本当に残念でしたね」

「ええ。でも仕方ないんです。どうしてもお酒だけは、やめられなかったみたいですから。血糖値を下げることよりも、『どうやったら家族にバレずに、お酒を飲めるか』ということのほうに、気を遣っていた節《ふし》もありますから」

軽く談笑しているうちに、会場の前に着いた。会場の手前に受付ができていた。教え子の方々が受付をしてくださっていた。松川先生、岡本先生、安藤先生も、そこにいらっしゃった。会の呼びかけ人となってお声掛けをしてくださった三人の先生方である。先生方も母と私に気がついて、こちらに向き直ってくださった。

「このたびは、いろいろとお世話になりまして、本当にありがとうございました」

と母と二人、ご挨拶をした。そして会場に入っていくと、この『偲ぶ会』のきっかけをつくってくださった中西先生の奥様と（奥様も先生である）、そして懐かしい岩本先生がいらした。

「中西先生、このたびはありがとうございました。このような会を開いてくださるよう、松川先生にお話しくださったと、母から聞いておりました」

「いえ、主人の、中西の時も、哲哉先生が開いてくださってね。ですから、ぜひ、なさっていただいたらと思いましてね」

「はい。こうしてたくさんの先生方や、教え子の皆様に集まっていただいて、父も喜んでいると思います」

中西先生も優しく微笑まれた。そして、お隣にいらした岩本先生にもご挨拶した。

「岩本先生、本当にお久しぶりです。本日は、お越しいただきましてありがとうございます。卒業以来ですので、数十年ぶりでございますね。フフフ。私、先生の古典の授業を聞いてから、古典の授業が大好きになって、学部はそういった関係に進みました」

「ああ、久恵さん、お久しぶりですね。本当にね。ああ、そう、そうでしたか。お母様とはね、いつでしたか、文化ホールで会いましたね」

母も、

「どうもお世話になっております。本日は、ありがとうございます」

と言いながら、二人の先生にご挨拶していた。

ほどなくして出席者が揃い、全員がテーブルに着いたところで、松川先生からご挨拶があった。

「今日は『青木哲哉先生を偲ぶ会』ということでお集まりいただきまして、ありがとうございます。岡本先生、安藤先生にも呼びかけ人として、皆様にお声がけをしていただきました。今日は皆様に、哲哉先生との思い出を語っていただけたら、と思っております。哲哉先生の良いところ、困ったところ、感動したところなど何でも思い出として話してもらえたらと思っております」

そうだね……。良いところと、困ったところと、どちらが多く出てくるのだろうか？

会に出席してくれた先生方からも温かい笑いが漏れていた。

偲ぶ会においでくださったのは、母や私もよく知っている先生、それから、大変失礼ながらお名前のみ父から聞いていて、お会いするのは今日が初めてという先生、それから、「哲ちゃんとは、こういった間柄でして……」とお聞きすると、「ああ、そうでしたか……」と、私たちにもよく分かる先生方、教え子の皆様が数名いらしてくれた。

松川先生の司会の中、『偲ぶ会』は進んでいった。

会場には父の遺影が飾られ、「献花や焼香などは特にしませんが、遺影の前で手を合わせたり、お話をしたい方は、ご自由にどうぞなさってください」ということであった。そして集まっていただいた皆様から一言ずつ、テッチャン先生との思い出を披露していただくという形で会を進めていくとのことであった。事前に母の方へ、「奥様と久恵さんからも、最後に一言ずついただければありがたいです」とのお話があったので、一応考えておいたものはあった。お料理が運ばれてくる中、松川先生の司会で、指名された先生方の、父との思い出話に花が咲いた。

ある時は、「ああ、そうそう、そうです。そのように申しておりました」とか、「え～っ、そんなことを。全く、本当にご迷惑をおかけいたしました」とか言いながらも、笑いが起こる。私と母のよく知っている父、私も母も全く知らなかった父、いろいろな父の姿が見てとれて、母も私も楽しい時間を過ごした。

「哲哉先生が亡くなられて、かれこれ三年以上経ちますね。会の開催については、ずいぶんと遅くなってしまって、ご家族の皆様には大変申し訳なかったです」

と松川先生はおっしゃってくださったけど、いや本当に、この時期に開いていただいたのが、ちょうどよかったのではないかと、母と二人、松川先生に申し上げた。父が亡くなってからは、一周忌や三回忌と催すこともたくさんあって、そのおかげで気を張りながらやってきたこともあるが、主催するというのは結構大変なものである。ようやく三回忌も終え、七回忌までは少しあるね、といったひと息ついた時間の中で、思いがけずこの『偲ぶ会』についてお聞きし、しかもお呼ばれするという側だったので、なんとなく「ほっ」としながら、また楽しみにしながらも、この日を迎えることができたのである。

松川先生をはじめ、この会の呼びかけ人としてお骨折りいただいた岡本先生や安藤先生、そして中西先生、それから会にお越しくださった皆様には本当にありがたく、感謝の心しかない。

父の話題から少しそれて、おいでくださった先生方が現役時代だった頃のことに話が及び（ほとんどの先生が、退職されていたので）、その時代の「教育」の問題やその時代の風潮など、私にはよく分からないが、いろいろな事にも話が及び、あまりに話題が広がってしまったり、論争に及びそうにもなった。すると挙手しながら、

「その件に関しては、本日の本題とはかけ離れておりますので……」

と穏やかな口調で制してくださる先生もいて、

「何か分からないけど、『職員会議』ってこんな感じなのかな？」

職員室での会議に参加しているような、妙な感覚があった。一瞬自分は『偲ぶ会』の中にいるのか、それとも『職員会議』にでも参加しているのか、わからなくなった。

そんなざわめきの中、次の料理が運ばれてくると、熱くなっていた会議（？）も一時中断し、皆、おいしい料理に夢中になった。会の合間をみながら、私も、お越しいただいた先生方一人一人にご挨拶に伺った。

そして私は、一人の先生のお話に耳を傾ける。

「哲ちゃんを継いだのは、俺だよ。他のやつには分かんない、分かんないいんだよ。哲ちゃんを継いでいるのは、俺だよ」

「だってさー、俺はびっくりしたよ。『奥田よ、ベクトルってのはな、平面をどう表現するかなんだぞ』って哲ちゃんは言うんだものなあ」

「『何考えてるんだ、奥田。ぶったまげるぞー、奥田』って言ってね……。哲ちゃんを継いでいったのは俺だよ」

奥田先生の話とも、叫びともつかぬそれは、それこそが、これまた私の何十年か、そう、私が、最大の疑問としてきた、あのもうひとつの疑問の、解決の糸口となって、がつんと私の頭を揺さぶったのだった。

目からウロコとは、このことかと思うような瞬間だった。

4　いしときいてなんとおもう

『いし』に対する幻想1

「例えば、久恵は、『いし』ときいてなんとおもう？」

「え、『いし』？　『石』のこと？　ああ、それなら、あの川原にゴロゴロとあるやつ。家の庭にゴロゴロしてるやつでもいいや。あれが『石』。『石』でしょ?」

そういえば、父は言っていた。

「『いし』と聞いて、『いし』を考えちゃいけないんだぞ」と。

「は?……」

何言ってるんだろうねぇ……この親父殿は、と思ったものだ。

「『いし』と言われて『石』を考えちゃいけないって言ったって。『いし』って言ったら、あの川原にゴロゴロしてるやつしかないでしょ」

と言いながらも、もちろん、同音異義語としては、『意志』や『医師』もあることはわかっていた。だが当時は、父のそこから展開されるであろう、面倒くさい話に付き合わされるのもいやだったので、

「『いし』と聞いて何と思う? と言われたら、今、私の頭の中では、川原や庭にゴロゴロしてるやつ、それが『いし』です。それが『石』です、それが『石』」

と仏頂面しながら言い放ったら、父は閉口して、その後は全くしゃべらなくなってしまった……ことがあった。

『いし』に対する幻想2

「例えば、久恵は、『いし』ときいてなんとおもう?」

「ん? 『いし?』『石』のこと? あるいはそうだな、『火を出す(発生させる)もの?』。あ、それだとダメか……。だって、その考えでいくと、『マッチ』だって『ライター』だって、『石』になっちゃうよね」

それくらいの感性が、あの頃の私に備わっていたなら父も、「少しは見込みがありそうか?」と思ったかもしれない。

あるいは、次のように答えたとしたらどうだろう。

「いし? それは人の心の中にあるもの? それならば『意志』だよ。そうではなくて、それは病気を診てくれる人? それならば『医師』だよ。それとも、自然の中に存在しているもの? それならば『石』だよ。あるいは、実在するものから連想させて、違う概念を吹き込んだもの? それならば私は『石』から火打ち石を連想して、『火を出す道具』と答えるよ。だから、『いしと聞いて何と思う?』と聞かれたら、『お父さんが何をもって、(いし)とするのか私には分からないから、私が思っているものを、(いし)としていい? 私が思っている(いし)は『火花を発生させるもの』のことだよ。だから、『火を出す道具だよ』と答えるよ」

大変である。ただ単に『いし』と言って四つも答えが出てくるのだから。そのどれを『考えるか』によっては、同じ言葉を使っていても、四つ以上のグループに振り分けられてしまうということか。

『いし』に対する幻想3

つまり、キャンプの飯盒炊飯の時、飯盒も薪もセットした前で、

「石持ってきてー」

と言って、マッチかライターか、つまり火をつける何かを持ってきた人がいたなら、その人はきっと仲間なのだ。概念が一致するならば、遣う言葉もその意味も等しく共有するのが仲間なのだ。発する側も、受け取る側もまるで考えていることは一緒だから、そこには何の問題も起こらない。


「ベクトルっていうのは、平面をどう表現するかなんだよ」

それに驚いたと奥田先生は言った。父は高校の数学科の教員であった。奥田先生も、父

と同じ数学科の先生だ。が、しかし残念ながら私の頭は、「数学」を理解できない。でも、たぶん奥田先生は、父の言葉で「ベクトル」の概念が変わってしまったんだろうと思う。今まで、「ベクトルとは、こういうもの」と思っていたのに、それが違ったんだろうと。ふつう、ベクトルの概念は、「平面を表現するもの」とされてはいないのだろうな、と思った。

だから、父が言った言葉に驚き、共感し、そして自分は仲間だと思われたのだろう。だから、「俺は哲ちゃんを継いでいる」と、おっしゃったのだろう。

言葉の本質は、何なのだろう。言葉は、映像を持つのか。言葉は、概念を示すのか。それも共通の概念を示すのか。同じ映像、同じ概念であるはずが送り手（発信者）と受け手（受信者）では、それらが共通でないこともある。

『百人一首』も、いにしえの和歌も、まるでその情景通り、そのままを歌っている歌なんて案外少ないのかもしれない。歌に表現されている情景を、社会の情勢や読み手の心情に置き換えて歌っているのだろうと解釈されている歌も多くある。

降る雪が花びらのように見えて綺麗だとか、老いていくのはわが身だから悲しい、と詠まれた歌も、もしかしたら、その歌に詠まれたその風景や心情とは全く異なる別の解釈があるかもしれない。

もちろん、詠まれた風景や心情をそのままに受け取ったとしても間違いではないだろう。そしてその他に、作者の生きた時代や、置かれた境遇などから考えて解釈する方法もある……（歴史的な史実から考えて読み解く方法だ）。けれど、その方法のみが絶対的なものとは、なんとなくそう思えない時もある。

ある事象をそのまま詠んでも、詠まなくても、つまり歌を詠むということは、その人がどんな感覚・感性の持ち主で、どんなことを考えているのかを周りに知らせることである。最終的には、歌を詠み合うことで、自分と考え方や感覚の似ている人か、全く違う人なのか、究極に言えば、仲間なのか、そうではないのかが、そこで自然に振り分けられてしまうのだ。

だから平安時代（それ以前もそうかもしれないが）の貴族たちは、「歌」を詠んだのだ。同じ仲間は、同じ言葉を使うものだ。同じ概念を言葉にのせて共有するのが仲間なのだ。その仲間集めのために使われたのが、もしかしたら「歌」だったのかもしれない。「歌会」や、「歌合わせ」は、「仲間を見つける場所」だったのかもしれない。

思考する概念が同じならば、その概念を表す言葉は同じものになる。だから、同じ言葉を、同じ概念で遣う者、それこそが究極の仲間なのではなかろうか。

ゆえに、桜・紅葉・山・川・滝……ときたら、それこそ後鳥羽院と藤原定家にとっては、その言葉で表されるのは「水無瀬の離宮」にほかならなかったのではなかろうか。共同の幻想の上に「歌」は成り立ち、その「歌」（幻想）を詠んだ者たちは、共同体としてひとつの集団を作り、運命を共にするのだ。後鳥羽院は隠岐の島へ配流となった後も、『新古今和歌集』の撰者の一人であった藤原家隆《いえたか》とは、変わらず親交もあったという。隠岐の島と、遠い京の都《みやこ》とで、便りを送り合ったようである。『新古今和歌集』は、後鳥羽院の命で完成した勅撰和歌集である。もちろん、定家も撰者の一人として後鳥羽院の命を受け、撰歌に携わっている。だが家隆とは違い、定家は後鳥羽院が隠岐に配流ののちは、院とのかかわりを一切絶っていたようである。『百人一首』の成立は、定家の晩年での出来事。後鳥羽院が、定家の撰出した『百人一首』のことを知っていたかどうかは分からないが、もし知っていたとしたら、

「定家よ、お前も水無瀬の離宮や、あの『歌』に熱狂していた頃のことが懐かしいというのか」

と、定家の気持ちも少しは伝わったのかもしれない。それとも、

「今さら、何を言っているのだ。私の側には付こうともしないで」

と、さらにお怒りであったろうか。

たぶん、定家は、老いていくその身において、後鳥羽院に気に入られ、歌の才能を見込まれていた時代、自分にとってあの時代が、最も輝いていた時代だったと思っていたのではなかろうか。

5　九十九番歌

百人一首九十九番歌、後鳥羽院の御歌である。

人もをし　人も恨めし　あぢきなく

世を思ふゆゑに　物思ふ身は

人をいとおしくも思い、人を恨めしくも思う。つまらない世の中だと思っているため、あれこれと思い悩んでいる私には。

という訳が一般的なものである。上《かみ》の二句《にく》で歌を区切り、上の二句と下《しも》の三句《さんく》で、それぞれ意味を解釈するというのが、従来の読まれ方である。つまり二句切《にくぎ》れの歌として解釈されている。確かにそれで意味が通るだろうし、そう解釈するのが妥当だろう。「あぢきなく」は、「世を思ふ」の「思ふ」にかかるのか、あるいは「もの思ふ」にかかるのか。どちらにしても、「後鳥羽院が世の中をつまらなく思っている」と解釈されているものが多い。後世の人々は、そう解釈している。

なぜだろうか。

後世の人々にとっては、「後鳥羽院」といえば「承久の乱」、「承久の乱」といえば「後鳥羽院」と、後鳥羽院と「承久の乱」は切り離して考えることができないからだろう。そのため、この九十九番歌は、「承久の乱」と絡めて、後鳥羽院の心情を理解する解釈が一般的のようだ。でもこの歌は、それほどまでに「承久の乱」がかかわってくるのだろうか。この歌は建暦二年（一二一二年）後鳥羽院が三十三歳の時に詠んだものである。そして承久の乱が起こったのは、この歌が詠まれて九年後の承久三年（一二二一年）のことである。

そもそも「あぢきなく」ってなんだろう。現代語と古語では、少し意味が違っているようだ。現代語の「あじけない」を国語辞典で引いてみると、

「あじけない〔味気ない〕→あじきない〔味気ない〕」①趣がない、面白くない　②つまらない、甲斐がない　③情けないとある。あじけないの「味気」は当て字であると、参考にした辞書には書いてあった。

それでは、古語の「あぢきなく（し）」はどうか。①道理に外れている・まともではない　②する甲斐がない・無意味だ　③面白くない・つまらない・情けない　④耐え難い・切ないとある。①の「道理がない」がもとの意味で、「道理をわきまえず、どうにもならない様子に対する半ばあきらめの気持ちを表す」とある。古来では、「無道」や「無情」と書いて「あぢきなし」と読んでいるとあった。

多くの『百人一首』の解説を読んでいると、後鳥羽院の遣った「あぢきなく」は、つまらない・面白くない・どうにもならない・ままならない、といった意味で解釈するものが

多い。ならばそのように解釈するとして、では何を、「あぢきなく」、思ったのか、感じたのか。あるいはどういう状態や状況を「あぢきなく」と表現したのだろう。

「哲ちゃんを継いだのは、俺だよ」と、叫んでいた奥田先生のお隣は、湯沢先生だった。湯沢先生とも、お会いするのは何年か、いや、やはり何十年振りであった。お変わりなくお過ごしのようだった。

「いや、話を聞いてね。ぜひ伺いたいなって思ってね。それで今日は来ました」

「ありがとうございます。本当に、今日はたくさんの皆様にお集まりいただいて、父のいろいろな顔も見て取れて、とても良かったと思っております」

と話をした。

宴もたけなわ、一人一人ずつの先生方のお話にも熱が入ってきた。松川先生の進行も面白い。いろいろなエピソードに続けながら、他の先生方へ「マイク」を回していく。そして今しがた、私と話をしていた湯沢先生へ、

「はい、じゃ、湯沢先生。湯沢先生は、青木先生と同じ高校の出身だったから、かわいがられていたでしょ？　はい、哲ちゃん先生のエピソードをどうぞ」

と言って、湯沢先生にマイクを渡した。

「いや、かわいがられていたかどうかは……」

と、湯沢先生も半ば苦笑しながら立ち、同時に周りの笑いも誘っていた。そしてお話を始めた。

「そうですね……、『今日は、何の集まりなの？　一周忌や三回忌でなくて、どういう会なの？』と、うちの妻が言っておりまして。私も、『何か分からないけど、メンバーを見たら面白い会になりそうだなと思って』、それで今日は伺いました」

と言って、再度場を沸かせていた。

そうか……。湯沢先生は、出身高校が父と同じなのか……。出身校が同じというのは、それだけで打ち解けるよね。たったそれだけで、その人には何倍もの親しみを感じるかもしれない。湯沢先生は、父より一回り、いや、もっとかな、かなり年下であろうから、そうね、父本人にはそのつもりがなくても、「身びいき」であったと周りは感じることがあったのかも。松川先生は、もしかしたら出身高校が一緒というのは、ちょっと羨ましかったりする？……（これは本当に私の勝手な想像だけど）。

なんとなく一人、ほくそ笑んでしまった。

もし、父が生きていて、私の隣に座っていたりして、「松川先生は、出身高校が一緒っていう湯沢先生や、加納先生がなんとなく羨ましかったりして……。学生時代のことまで、お父さんと共有しなくてもいいと思うけどねぇ。松川先生は、型破りなお父さんのことは、『しょうがないなあ、哲ちゃん先生』と思いながらも付き合ってくれてたように思うけど、意外とお父さん、尊敬されてた？　好かれてたのかな？」と、半ば茶化しながら言ったりしたなら、少し間を置きながらも、

「ばかばかしくてやってらんない」

と、きっと父は言ったに違いない。

そんなことを勝手に想像しながら、フフフッと笑っていたけど。

ばかばかしく……？　ばかばかしく？

「ばかばかしくてやってらんない」

どこかで聞いた気がする。

ばかばかしく……。つまらなく……。くだらなく……。

「あぢきなく」

ではないのか。

人もをし　人も恨めし　あぢきなく

誰を好きとか、嫌いとか、誰を気に入っているとか、気に入らないとかなんて、ばかばかしく、つまらなく。

(ばかばかしく、つまらなく思うよ)

えーっ……。

もしかしたら、後鳥羽院は、定家にそう言ったのかもしれない？

6　虚　構

『新古今集』の編纂をめぐり、意見の相違もあって、後鳥羽院と定家の間には少しずつ距離ができてしまったようである。そんな頃、定家は、若き鎌倉の頭首、実朝に和歌の指導を始める。実朝に和歌の才を見出してもいた。しかし実朝は、鎌倉幕府を開いた頼朝の次男。今や父、兄の後を継いで、三代目の将軍である。都におわす治天の君、後鳥羽院にとっては、いくら和歌の才能と政治のことを切り離して考えようにも、考えられるわけもないだろう。実朝の歌才の開花には都《みやこ》の誰かの力がいる。指導した人間と実朝との間に、政治的な結束が生まれるかもしれない。

ここからは、私のかなり勝手な推測である（独りよがりの虚構ドラマである）。

そんな事情をめぐって、後鳥羽院と定家の間に決裂する事態があったのではないだろうかと思う。そのような事態の中、定家が後鳥羽院に申し上げる。

「院におかれましては、ここしばらく和歌の道からは、お外れになっておいででした。それから、どんな事情があっても、歌の才能は歌の才能で、また別でございます。誰それは気に入らぬなどの理由で、その者に歌の才能がないとは、私にはとうてい思えないのです。水無瀬の離宮で、院や皆様方と歌を詠んでいた頃が懐かしく思われます。恐れながら院は、あの頃は、一介の歌詠みでしかなかった私の歌もこよなく素晴らしいとおっしゃってくださった。地位などなくとも、良いものは良いとお認めくださった、その時のお気持ちを、今やお忘れになっておいでです。あるいは、私の詠む歌は、もうお気に召さぬ、いや、私自身をもう気に入らぬ、嫌いだとおっしゃるのですか」

その時、後鳥羽院は、こう言ったのだろう。

人もをし　人も恨めし　あぢきなく
　世を思ふゆゑに　物思ふ身は

定家よ、私は前にも言ったことあるよね。お前は知ってるだろう。もう一度言おう。誰が好きとか、嫌いとか、どいつを気に入ってるとか、どいつが気に食わないとかさ、もうね、どうでもよくなっちゃったのよね。

ばかばかしいんだよ、そんなことさ。つまらんことよ、と私は思うよ。今私が最も憂いているのは、この先のこと、この国の行く末だ。いったいこれから先の世は、どうなっちまうんだろうな。王権政治のかけらもなくなっちまうよ。もののあわれも理解できない、野暮で無粋で、野蛮なやつらが、デカイ顔して蔓延《はびこ》っていやがる。

この国の政《まつりごと》を行うのは、誰ぞ。代々、「帝《みかど》」が導き給うたのではないか。帝の下《もと》、正しき政が行われねばならぬのではないか。「帝」が、この国とそこに暮らす民を、正しく導かなくして、何とするのだ。

私はいついかなる時も、それを考えておる、思うておるのだ。この国がいかにあるべきか、この国の民と、この国の行く末をだ。心なきものに政を執《と》られてはならぬ。誰にも私の心は分かるまい。この志の強さとて、そうだ。誰にも分かるまい。

後鳥羽院は、決して武士という新興勢力に押さえ込まれ、鬱々《うつうつ》とした心情で楽しまぬ毎日を、後ろ向きに暮らしていたお方ではないように私には思えるのだ。和歌・管絃・蹴鞠・囲碁・水泳・競馬・弓術・狩猟・旅行・建築・刀づくり、時として女性関係においても、自由なお方であったようだ。いろいろなことに興味を持ち、多芸・多才の方であったらしい。きっと何でも楽しみ、並外れておできになる。才能もあり、努力家でもある。好奇心も旺盛な方のように思える。

そして何より、王権を継承すべくして生きておられる、理想に燃えていた王者なのだ。少なくとも、私にはそのように思えるのだ。どんな知識も取り払って、この歌のみから受け取れる感じはそうなのだ。

「だからね、誰はあなたに好意的だから仲良くしといたほうが良いとか、誰は気に食わないから付き合わないほうがいいですよ、とか、好きになるのも、嫌いになるのも、もうどうでもいいのよ。つまんないことなんだよ、そんなこと。そんなつまんないこと言ってるお前も、ホントつまらなく（あぢきなく）、つまらない（あぢきなし）」

と、定家は、後鳥羽院に一蹴されてしまったのではないだろうか。

誰しも一生懸命に働いて、その働きや才能を上司に認められ、頼りにされることや、取り立てられることを嬉しく思わぬ者はいないだろう。いささかその度が過ぎれば「蜜月」と呼ばれたりもするけれど。定家にとって後鳥羽院は、自分の子供といっていいほどに年下の青年であるが、そこはやはり、仕えるべくしてお仕え申し上げている「君主」なのだ。だから後鳥羽院に、

「人もをし　人も恨めし　あぢきなく」

と、誰を好きとか、嫌いとかなんて、私が王権の継承はいかにあるべきか、この国とこ

の国の民の行く末を思い悩むことに比べたら何ともばかばかしい、お前の悩みなんて、小さなものよ。と言われたら、とてもショックだったに違いない。

他の誰に分からなくても受け取った定家が、もし、このようにとったとしたらだ。好きだ、嫌いだということのみにとりすがって生きる者にとっては、最大に重要な悩みである。残念でもあり、傷ついた心を立て直す術もないままに、いつの間にかその方は都を追われ、遥か遥か遠いところに行ってしまわれた。

直接ではないが、自分の行為が、その一助となってしまったこともあるかも知れない。そしてすべては、終焉を迎えていったのだった。後鳥羽院も、お子様である順徳院も、再度京の都へお戻りになることなく、かの地で、そのご生涯を閉じられたのであった。

定家の胸には、どのような思いがこみ上げてきただろう。

過ぎ去ったあの遠い日の自分と、苦しくも充実していた美しい時代と、自分を認め取り立ててくださった方への感謝と懐かしさと、そしてご恩ある貴方様を見限り、離れてしまったという事実は、深く心の奥底に確かに刻まれておりますると、そのことだけを伝えたかったのではないだろうか。

ここで私の勝手な想像は終わる。※

戦後（一九五一年）、『百人一首』に似た歌集である『百人秀歌』なる歌集が、発見されたそうだ。取り上げられている歌が、ほぼ『百人一首』と同じであることから、定家の撰とされているようだがこちらの歌集も『百人一首』と同様に、定家の撰ではないとの説もある。そしてこの『百人秀歌』という歌集と、『百人一首』についての関係も、まだまだ研究の途中であるようだ。ただ、その『百人秀歌』の「奥書き」には、

「有名な歌人や優れた歌をたくさん漏らしている。歌の撰歌については、私の心の中にある基準で行ったので、他からとやかく言わないで欲しい」

と、記してあるという。『百人秀歌』（百人一首）に選ばれている歌は、名歌ばかりを集めたというわけではなく、定家の心にある何らかの基準によって撰歌されたようである、と言われている。

『百人一首』の後鳥羽院の歌は、歌として、それに対して定家の歌は、どのようなものだろう。返歌という形はもちろんとっていないにしても、『百人一首』に取り上げられている歌は、こうだ。

百人一首九十七番歌　　権中納言定家（藤原定家）
来ぬ人を　松帆の浦の　夕凪に
　焼くや　藻塩の　身もこがれつつ

いくら待っても来ない人を待つ私は、松帆の浦で夕凪の頃に焼かれて焦げる藻塩のように、切なさで身も焦がれる思いでいるのです。

ある意味、思った通りの展開である。『百人一首』が、後鳥羽院への鎮魂という意味で作られた歌集であるならば、定家の歌は、その人を待っているという歌でもよい。そうか、この歌は、女性が男性に思いを寄せて（あるいはその逆で）歌った恋の歌のようにも思えるが、そうではないだろう。来ぬ人は、恐れながら後鳥羽院で、焼かれて焦げる藻塩のように、切なさで身も焦がれる思いで待っているのは、確かに定家自身なのかもしれない。（先述の林先生のご著書に、来ぬ人は、後鳥羽院であり、順徳院であり、式子内親王である。そして待っているのは、定家であるとの結論あり。『百人一首の世界』林直道

青木書店）

自分を引き立て、その才能を余すところなく認めてくれた。そして時にはまた、強力な歌のライバルでもあった後鳥羽院に対する思慕の情だったのではないだろうか、と私もそう思う。だからもうひと方、あの時代を共有された後鳥羽院のお子である順徳院のあの歌を入れて、『百人一首』としたのではないだろうか。あるいは、定家の子の為家に、自分の時代では、まだ鎌倉方への手前もあって、この二首を入れての『百人一首』を公《おおやけ》にすることもできないが、お前の時代になって、時が許したら、何とかこの二首を勅撰集に入集させ、その上でこの二首が入ったものを『百人一首』としておくれ、と言っていたのだろうか。その歌は、古き良き時代を讃えた宮廷賛美（王朝賛美）の歌である。

百人一首百番歌　　順徳院
百敷や　古き軒端の　しのぶにも
なほあまりある　昔なりけり

宮中の古びた軒端に生えているしのぶ草を見るにつけても、いくら偲んでも偲びきれない昔の栄えある御代であることよ。

世は移り変わり、無情にも何事もなかったかのように過ぎていく。

定家は、老いてゆくその身において、自身にとっても激動の人生であったろう、その一生を振り返り、何が楽しかったのか、何に心を躍らせていたのか、それは瞼を閉じてさえ浮かび上がってくる、確かに懐かしいあの風景。配流先の隠岐の島で、壮絶なるそのご生涯を閉じられた後鳥羽院も、この世を離れたら天翔けてかの離宮を見に行きたいとおっしゃっていたという。そして定家もまた、畏れやら何やら、さまざまな思いを抱きつつも、最後には、すべての感情は無になり、それでも心は、いつもそこへ飛んでいっていたのではなかろうか。

あの水無瀬の離宮へ。

※史実としては、承久の乱の一年前、承久二年（一二二〇）、順徳天皇内裏での歌合せで、定家が詠んだ歌が、後鳥羽院を激怒させたという事件がある。「さやかにも見るべき山は霞みつつわが身の外《ほか》も春の世の月」「道のべの野原の柳したもえぬあはれ嘆きの煙《けぶり》くらべに」この二首

の歌を詠んで、後鳥羽院の勘気にふれ、宮廷への出入りを禁止されたという。主催した順徳院も、その理由はわからなかったという。

7 あぢきなく

うーん、だが、待てよ……。

『百人一首』の九十九番歌である後鳥羽院の歌について、自分なりに答えの出せたその日から、私はあちこちの図書館で『百人一首』関連の本を借りられるだけ借りた。

「人もをし」の歌が、後鳥羽院が定家のことを叱咤した歌だなんて、定家を諭した歌だなんて、あるいは定家に心情を吐露した歌だなんて、どこにも書いてないし、そんなことを証明する文献など、どこにも存在していない（もちろんだ。後鳥羽院が定家に話してたっていうあれは、私の勝手な妄想であるから）。

それから、誰もこの歌が、上の三句と、下の二句で意味が分けられている、つまり三句切れの歌だなんて解釈している人はいないぞ。(二句切れとして解釈されている歌だから)果たして、私のとらえ方は間違いなのか？「あぢきなし」という言葉の用法が、「あぢきなく」と連用形であるからだ。私の解釈で、三句切れで意味を取りたいというならば、「あぢきなく」の語が、「あぢきなし」と終止形であってくれたらよかったのだけど。

連用形だから用言につく。つまり、動詞か、形容詞か、形容動詞か、副詞か、この歌の「あぢきなく」の後にある用言は、「世を思ふ」の思ふか、「物思ふ身は」の物思ふかの、二つの動詞しかないので、そのどちらかにかかるとされるが、でも、そのどちらの「思ふ」にも付かないのではないのかな。そう、「あぢきなく」という言葉の中には「思ふ」という言葉も同時に包括《ほうかつ》されていて、

つまり後鳥羽院が、「あぢきなく」と表現されたのは、「あぢきなく（思ふ）」の略であり、その「あぢきなく思われたこと」は、この歌の中にすべて説明されてはいない。それは、院が眼前でご覧になったこととか、その場に居合わせた方々とのみ共有されたこととか、そういったことに思いを寄せて感じ思われたことだから。それを紐解くのは、「人も

をし」と、「人も恨めし」の二句のみが、その「あぢきなく思われた中味」を簡単に示しているだけなのではないだろうか。

ただ、定家だけは、分かっている。そう、のちの定家には、痛いほど分かってくるのだ。後鳥羽院が「あぢきなく思われたこと」の中味が。その中味を知っているから、身悶えし、この歌を選ばざるを得なかったのではなかろうか。

本来、「歌」も「言葉」も自由なのだ。

「歌」も「言葉」も、受け手の受け取り方で変化する。受け取り方も自由なのだ。「歌」も「言葉」も形式やルールにとらわれていないところでは、自由を得ているのだ。鳥のように翼を持って、どこへなりとも自在に羽ばたいていき、そして人々の意識の奥へと潜伏する。他の誰かに受け取られた瞬間から、新しい命を宿すことさえあるのだ。

それなら、私の解釈も許されるのだろうか？　後鳥羽院さま、定家さん、違っていたら、全くの見当違いだったら、本当にごめんなさい。

8 記憶の中

おいしいお食事も残すところはデザートとコーヒーのみとなった。運ばれてきたデザートをいただき、そして香りのいいコーヒーを飲んだ。そうしているうちに松川先生が、「本日は皆様方から哲哉先生のいろいろな面が聞けて、素晴らしい会となりました。このあとは、娘さんである久恵さんと、そして奥様より、一言ずつご挨拶をいただければと思っております」

と、お話があった。母と打合せていたとおり、まず先に私がご挨拶した。本日は、たくさんの皆様にお集まりいただいたこと、また遠方からもお越しいただいたこと、父との思い出、いろいろなお話を聞けたこと、そして市内の実家には、父が植えた「山桃」の木があり、我が娘の名前は、その木に由来しているということなどを、話した。

そして、トリを飾らせてもらった母の話だ。何十年と連れ添ったが、いつだったたか、耳にした話があると。

「哲ちゃんの奥さんて、どんな人なのかな?」と、生徒に思われていたことがあったらしいと。きっと、哲ちゃんに輪をかけて風変わりな人が奥さんなのではないかと、生徒の皆さんはそう想像するのだろうと、母は思ったそうだ。

「どんな人かと言われましても、私は、いたって『ごく普通の人』なんですけどね……」

と言って、一同の笑いを誘った。

母の気持ちも分かる。本当に「哲ちゃん」は、自由奔放、天衣無縫、破天荒な人だった。娘の私からしても、まあ、そう思える。忍耐強く、常識的で、なおかつ潔く、そして陽気な母であったからこそ、父のそう、「哲ちゃん」の奥さんが務まったのだ。知人・親戚一同、誰もがそう思う。

母は決して父のような自由人ではなく、ごくごく普通の人である。そして、その母が言うのだ。

「俺は、お前がそう言うから、俺がやりたいことの半分もできない」と言われていたと。

「えーっ。全部やりたいこと、すべてやってるじゃない。やってきたでしょう。違うのかな？……」

「そうでしょ、そう思うでしょ？　この話をすると、たいていの人は皆びっくりするんだよね。そしてみんな言うんだよね。あなたが言ったのと同じようなことを」と母が言う。

「う〜ん、あれで、やりたいことの半分だったら、全部やってたら、どんなとんでもないことばかり起こってたんだろうね」

と想像すると、もう本当におかしくて、半分笑いながら私も続けた。

だが、そうは言っても、父は何といっても私の良き理解者であった。

「お前が言うから、俺は、自分のやりたいことの半分もできなかった」

と、いつも主人には言われましたと、母はそのように皆さんに話をしていた。

そしてそれから、買ったのにずっと着ようとしないスーツがあったので、「どうして着ないのか？　どうしてこんな高いスーツを買ったのに、なぜ着ようともしないのか？」と、聞いたそうだ。すると父は、「これはね、教え子がノーベル賞を取って、その祝賀会に呼ばれた時に着ていくのさ。だからそれまでは、大切にとってある」と、教え子たちの活躍を楽しみにしていたと母は最後に話していた。

ノーベル賞とは、また大きく出たもんだね。残念ながら、そのスーツに袖を通す機会はないままに逝ってしまったけれど。

もし、「青木哲哉先生へ」の招待状が舞い込んだなら、私が代理でお伺いしてもよい。

そのスーツは着られないけれど、とびきり素敵なドレスでも新調して、そうだな、高いバッグと靴も新調して、ぜひぜひお伺いいたしますよ。

「偲ぶ会」も終わり、心の中にたくさん温かい何かをいただいた。当の父は、もういないけれど、皆の記憶の中に確かに父はいた。

暑い夏が過ぎ、秋が来て、いつの間にか冬になり、来年の賀状を書く頃となった。来年の賀状は、『偲ぶ会』に来てくださった皆様方にも、お礼も兼ねてお出ししようと思い、ペンをとった。喪中など、事前にご事情の分かっている方々には賀状をお出しできなかったが、そうでない方々には送らせていただいた。

昨年の『偲ぶ会』では、ありがとうございました。『偲ぶ会』を通して、私にも分かったことがいくつかございました。いつかお話しできる機会がございましたら嬉しく思います。

そのように記して、『偲ぶ会』へいらしてくださった方々にお送りした。

さて、一連のことは、私が『偲ぶ会』の途中で、すべて気がついたことというわけではない。『偲ぶ会』が終わり、会のことを思い出しながら、ほくそ笑んだり、考えたりしながら、あと残すところ何個かの、残っているパズルのピースのかけらを、ひとつずつたぐり、たぐり寄せているうちに、その最後の突破口となる、たったひとつのそのピースを見つけたのだ。

言葉とは何か、概念とは何か。それは、人のみに授けられた、神様からの贈り物である。

あとがき

「いしときいてなんとおもう　―言葉は概念ではないのか？―」

その問いかけが、最後の突破口であった。

言葉は映像であるのか。それとも概念であるのか。定義であるのか。想像なのか連想なのか。虚構か、真実か。存在なのか。心情なのか。希望か、絶望か。それとも、体感して体得しえた経験値であるのか。言葉は、発した人自身の概念や定義で送り出されるが、受け取り手は自分の五感のすべてと、持ち得るすべての経験値でもって、それが何かをあてはめねばなるまい。経験しかなければ想像し、想像しかなければ経験を積む。「言葉」の真の意味を得るには、地道な努力が必要なようだ。

第八十二代後鳥羽天皇、そして、藤原定家については、いくつかの歴史書（増鏡・承久記、定家の日記の明月記など）も残されており、現代では、それを基にした歴史書・文学書・研究書など、実に多くの方々が執筆されている。二人について、それから二人を取り巻いた時代や出来事、人々については、参考文献として掲載した本をお読みいただけるとありがたい。定家は、後鳥羽院より十八歳年上であった。若き帝王後鳥羽院を、定家はどのように見ていたのか。「あぢきなく」とたった一言だけ、後鳥羽院は胸の内を吐露したのではないのか。残された言葉のみから真実を見つけてみたかった。

新古今和歌集という一大歌集を、その一大歌人集団をまとめあげた後鳥羽院歌壇。京都歌壇の活躍は、遥か東国に産声をあげた鎌倉歌壇や、宇都宮歌壇へも影響を及ぼしているという。定家は戦乱もいくつか経験した。そして自身が必死に守り抜いてきた大切なその箱の蓋をあけてみたら、箱の中身の真価について、理解できるものは、誰一人いない時代になっていたのか。定家の落胆に、立場は違えども同じような思いで生き抜いてきた人がもしかしたら、宇都宮頼綱（法名　連生《れんしょう》　定家に百人一首となる歌の選歌を依頼した人物）だったのかもしれない。東国の歌枕であったという「室《むろ》の八嶋《やしま》」や、「しめじが原」や「いぶき山」、頼綱も京都や鎌倉の往復に幾度も通った道かも知れない。八百年前の昔に思いを馳せながら、八百年の後《のち》の世《よ》のことも想像してみる。できれば、その頃もまだ「人」が「言葉」を大切に守り、育んでいてほしいと思うのである。

終わりに、文芸社の皆様、関わってくださったすべてのスタッフの皆様に深謝いたすとともに、温かく見守り、応援してくれた家族にも、最大の感謝を捧げたい。

参考文献

『絢爛たる暗号　百人一首の謎を解く』織田正吉　一九七八年　集英社
『百人一首の秘密　驚異の歌織物』林直道　一九八一年　青木書店
『百人一首の世界』林直道　一九八六年　青木書店
『謎の歌集百人一首　その構造と成立』織田正吉　一九八九年　筑摩書房
『藤原定家』村山修一　一九六二年　吉川弘文館
『歴代天皇の御歌　初代から今上陛下まで二千首』小田村寅二郎・小柳陽太郎編　一九七三年　日本教文社
『新装版　別冊文芸読本／丸谷才一編集百人一首』丸谷才一編　一九七九年　河出書房新社
『藤原定家　美の構造』吉田一　一九八六年　法政大学出版局
『平安時代和文の研究』竹内美智子　一九八六年　明治書院
『古代和歌の発生　歌の呪性と様式』古橋信孝　一九八八年　東京大学出版会
『百人一首の謎』織田正吉　一九八九年　講談社現代新書

『百人一首』竹西寛子　一九九〇年　講談社
『日本の歴史　武者の世に』入間田宣夫　一九九一年　集英社
『田辺聖子の百人一首』田辺聖子　一九九一年　角川書店
『新古今和歌集を学ぶ人のために』島津忠夫　一九九六年　世界思想社
『百人一首　再現！　不滅の歌かるた』有働良彦編　一九九六年　学習研究社
『百人一首への招待』吉海直人　一九九八年　ちくま新書
『カラー総覧百人一首　古典で遊ぶ日本』田辺聖子監修　二〇〇二年　学習研究社
『絵入り百人一首入門』佐藤安志　二〇〇三年　土屋書店
『口語訳で味わう百人一首』佐佐木信綱　二〇〇三年　さ・え・ら書房
『人に話したくなる百人一首』あんの秀子　二〇〇四年　ポプラ社
『図説百人一首』石井正己　二〇〇六年　河出書房新社
『一冊でわかる百人一首』吉海直人　二〇〇六年　成美堂出版
『天皇たちの和歌』谷知子　二〇〇八年　角川学芸出版
『「源氏物語」に仕掛けられた謎』原岡文子　二〇〇八年　角川学芸出版
『新古今集　後鳥羽院と定家の時代』田淵句美子　二〇一〇年　角川学芸出版

『コレクション日本歌人選011　藤原定家』村尾誠一　二〇一一年　笠間書院
『恋する「小倉百人一首」』阿刀田高　二〇一一年　潮出版社
『コレクション日本歌人選028　後鳥羽院』吉野朋美　二〇一二年　笠間書院
『コレクション日本歌人選051　源実朝』三木麻子　二〇一二年　笠間書院
『眠れないほどおもしろい百人一首』板野博行　二〇一三年　三笠書房
『増鏡全注釈』河北騰　二〇一五年　笠間書院
『百人一首の謎を解く』草野隆　二〇一六年　新潮社
『百人一首の正体』吉海直人　二〇一六年　角川ソフィア文庫
『新撰小倉百人一首』塚本邦雄　二〇一六年　講談社文芸文庫
『旧鎌倉街道探索の旅1　上道・山ノ道編』芳賀善次郎　二〇一七年　さいたまさきたま出版会
『中世宇都宮氏―頼朝・尊氏・秀吉を支えた名族―』二〇一七年　栃木県立博物館
〈年代順一部順不同〉

著者プロフィール

橋本 久恵（はしもと ひさえ）

栃木県出身。

いしときいてなんとおもう

百人一首九十九番歌「人もをし」考

2018年1月15日　初版第1刷発行

著　者　橋本 久恵

発行者　瓜谷 綱延

発行所　株式会社文芸社

〒160-0022　東京都新宿区新宿1－10－1

電話　03-5369-3060（代表）

03-5369-2299（販売）

印刷所　神谷印刷株式会社

ISBN978-4-286-18663-4